CATALOGUE

D'OBJETS D'ART

ET D'AMEUBLEMENT

Meubles, Bronzes, Porcelaines, Marbres

TABLEAUX DÉCORATIFS

Dessus de portes et Objets divers

PROVENANT DU MAGASIN DE **M. MONBRO**

*Le tout vendu par suite d'expropriation et de cessation
de commerce*

DONT LA VENTE AUX ENCHÈRES PUBLIQUES AURA LIEU

RUE DU HELDER, 19

Les Lundi 9, Mardi 10, Mercredi 11 et Jeudi 12 Mars 1868

A DEUX HEURES.

Par le ministère de Mᵉ **Charles PILLET**, Commissaire-Priseur,
rue de Choiseul, 11,

Assisté de **M. FEBVRE**, Expert, 14, rue Saint-Georges.

Chez lesquels se trouve le présent Catalogue.

EXPOSITIONS
PARTICULIÈRE : le Samedi 7 Mars 1868,
PUBLIQUE : le Dimanche 8 Mars 1868,

DE UNE HEURE A CINQ HEURES.

CONDITIONS DE LA VENTE

Elle sera faite au comptant.

Les acquéreurs payeront *cinq pour cent* en sus des enchères.

———

Ce Catalogue se trouve :

A *Paris*, chez MM.	CHARLES PILLET, commissaire-priseur, rue de Choiseul, 11.
—	A. FEBVRE, expert, rue Saint-Georges, 14.
A *Londres*,	H. DURLACHER, 113, New-Bond street, International Society of Fine arts, Old-Bond street, 25.
—	F. AYERST, (late Annoot), Old-Bond street, 16.
A *Bruxelles*,	ÉTIENNE LEROY, place du Grand-Sablon, 12, Agence de la Société internationale de Londres, rue de la Madeleine, 46.
—	HANICK, rue Royale, 126.
—	SLAOS KOEK, march. antiquaire, Longue-Rue.

———

NOTA. — A partir du 15 avril prochain, l'étude de Mᵉ Charles PILLET sera transférée de la rue de Choiseul, 11, à la rue Grange-Batelière, 10.

———

DÉSIGNATION DES OBJETS

Meubles

de l'époque de Louis XIII.

1 — Meuble-cabinet de l'époque de Louis XIII, en ébène et
écaille ; le centre forme une partie avancée, avec grande
quantité de colonnes soutenant les portiques et entable-
ments ; sur les côtés et à l'intérieur, grande quantité de
tiroirs ; belles appliques et ornements en bronze doré.

2 — Autre cabinet du temps de Louis XIII ; les panneaux
avec moulures guillochées et ornements gravés ; l'intérieur à tablettes ; le bas à jour, avec cariatides en bois
doré.

3 — Grand meuble-cabinet en ébène, de l'époque de
Louis XIII ; portes avec sujets gravés et moulures guillochées ; supporté par trois cariatides en bois sculpté et
doré.

4 — Grand cabinet en ébène, travail de l'époque de Louis XIII ;
le bas à jour avec colonnes torses ; le haut avec deux pan-

neaux ornés de moulures guillochées encadrant deux médaillons à haut-relief représentant les sujets de Judith et d'Holopherne ; à l'intérieur, vingt tiroirs et autres panneaux ornés de figures gravées et d'oiseaux ; ces derniers recouvrent une partie centrale offrant une colonnade en écaille rouge et figures peintes.

5 — Grand meuble de l'époque de Louis XIII, en bois noir, avec fleurs et ornements en marqueterie de bois ; le bas avec cariatides dorées en ronde bosse.

6 — Grande commode ancienne, travail italien ; le centre à retrait ; les tiroirs richement incrustés d'ornements et de figures en ivoire ; poignées en bronze doré ; le tiroir du haut se rabattant, forme bureau.

Meubles en marqueterie

de Boule, de ses continuateurs et autres.

7 — Grand et splendide meuble en marqueterie de cuivre sur écaille ; le corps en ébène ; le bas à deux vantaux est enrichi de trois figures, d'écussons, de pentes et de motifs en bronze doré ; le haut plus étroit offre le large socle d'une horloge dominée par un vase et les deux figures connues d'après Michel-Ange Buonaroti.

Cette pièce exceptionnelle rappelle les belles productions de Boule.

8 — Petit meuble ancien en marqueterie de Boule ; il est à panneau vitré et à hauteur d'appui.

9 — Meuble à deux portes vitrées, en marqueterie de Boule,
sur écaille noire; bonne pièce du temps.

10 — Commode en marqueterie genre Boule; copie d'après
une pièce ancienne; les coins sont à retraits avec colonnes à jour; les tiroirs avec encadrements en bronze doré,
ainsi que les ornements qui la décorent.

11 — Beau meuble, copie d'après Boule, en bois noir et marqueterie de cuivre; riches frises, écoinsons et cartouches
en bronze doré.

Marbre vert de mer.

12 — Beau meuble en bois noir et marqueterie, orné de figures, d'écoinsons et d'appliques en bronze doré.

Copie d'après un meuble de Boule.

13 — Grand et beau bureau, copie exacte d'après Boule, modèle dit de Versailles; le tour avec larges moulures; il est
marqueté de cuivre et richement orné de bronzes dorés.

14 — Petite table à ouvrage de forme ovale, très-fine de marqueterie de cuivre sur bois noir; le dessus avec frise de
grecques entourant un médaillon d'Amours.

15 — Grand et beau meuble en marqueterie, genre Boule;
copie exacte d'un meuble de cet artiste; très-beaux ornements de frise, de mascarons, enroulements, figures
d'Amours; le tout en relief et en bronze doré.

16 — Grand et beau bureau Louis XV, en marqueterie de
cuivre sur écaille noire; travail genre Boule; trois tiroirs
sont ornés de filets gravés et d'ornements en bronze.

17 — Meuble à hauteur d'appui en bois d'ébène, orné de bronze doré ; à sa partie centrale est un médaillon d'après un sujet de Clodion.

18 — Grande et belle armoire-bibliothèque en bois noir, incrusté de filets en cuivre ; le bas à vantaux pleins ; le milieu avec colonnes cannelées ; le haut cintré et vitré ; riches ornements en bronze doré de l'époque de Louis XIV.

19 — Deux gaînes en bois noir de forme contournée, très-richement ornées de cariatides et d'ornements en bronze doré ; sur les panneaux du devant, deux médaillons de fruits en pierres dures (mosaïques de Florence).

Meubles

en chêne et noyer sculptés du XVIe siècle et autres époques.

20 — Grand et beau meuble du commencement du xvie siècle ; il offre trois niches en retrait et avec colonnes détachées, volutes et groupes d'enfants en ronde bosse ; le haut avec fronton.

21 — Meuble renaissance à double corps, panneaux sculptés avec médaillons de cygnes.

22 — Grande et belle table Henri II, le haut avec ceinture cannelée, le bas avec cinq colonnes tournées.

23 — Grande crédence, le bas à colonne dans une partie vide ;

le centre à trois parties sculptées, le haut avec armoiries
et colonnes plates cannelées.

24 — Petit rétable de chapelle, style du XVIᵉ siècle, orné
de colonnes et couronné d'ogives à jour.

25 — Buffet à hauteur d'appui, riches ornements en cariatides,
mascarons et mufles de lions ; panneaux à feuilles d'a-
canthe avec personnages en bustes et en relief.

26 — Grande et belle armoire en bois de chêne sculpté, le
haut avec trois portes vitrées entourées d'encadrements
en reliefs; le bas avec trois portes pleines ornées de
moulures et d'écussons sculptés.

27 — Grand lit en bois sculpté, travail de l'époque de
Louis XIII, le couronnement soutenu par quatres colonnes
tournées et sculptées.

28 — Meuble du XVIᵉ siècle, orné de six beaux panneaux en
bois sculpté à jour.

29 — Crédence, le haut avec frises et riches panneaux
sculptés ; le centre forme bureau à tirage; pieds à balustres.

30 — Crédence style renaissance, les panneaux avec trophées
de guerre ; au centre, la Vierge et Jésus.

31 — Table Henri II, orné de volutes, de colonnes et de
pieds tors.

32 — Armoire vitrée formant bibliothèque, en chêne sculpté,
ornée de moulures et couronnée d'un cartouche en relief.

33 — Une autre, même genre que la précédente.

34 — Crédence à colonnes cannelées, le haut avec frise à godrons et panneaux avec rinceaux et rosaces séparées par d'autres colonnes plates également cannelées.

35 — Très-belle crédence à pans coupés ; très-riches sculptures d'ornements, de mascarons et de bustes de personnages en relief.

36 — Table Henri II italienne, avec décor imitant l'ivoire.

37 — Très-belle table renaissance en noyer sculpté ; beaux supports avec jambages à colonnettes.

38 — Table en chêne sculpté, les pieds à balustres tournés.

39 — Très-belle table style renaissance, avec colonnes détachées ; le haut avec ceinture à godrons en relief.

40 — Meuble en chêne sculpté, le haut avec deux panneaux ornementés séparés par des colonnes plates cannelées ; le bas soutenu par d'autres colonnes à jour.

41 — Table renaissance en noyer, pieds à balustres avec colonnettes.

42 — Grande armoire en chêne sculpté Louis XIV ; le bas à panneaux pleins à losanges et ornements ; le haut vitré, avec cartouches sculptés.

43 — Table en chêne sculpté, pieds à balustres.

44 — Grande et belle table Henri II, les pieds très-riches avec volutes et supports à jour ; le haut avec double rallonge à tirage.

45 — Grand meuble allemand en chêne sculpté, orné de six panneaux avec colonnes et frises.

46 — Un autre, même genre que le précédent.

47 — Meuble Henri II, à double corps orné de figures dans le style de Jean Goujon, les panneaux avec têtes d'anges et rinceaux.

48 — Grand meuble hollandais, orné de six panneaux à médaillons d'oiseaux, alternés par des colonnes cannelées.

49 — Crédence, le haut à deux panneaux sculptés ornés de vases et de fleurs ; aux angles des cariatides en ronde bosse.

50 — Grande table à découper en chêne sculpté, pieds et entre-jambes avec vase.

51 — Petite table, pieds à pilastres.

52 — Table en noyer, style Henri II ; elle est richement incrustée d'ornements en nacre et de filets de cuivre.

Très-belle pièce.

53 — Glace avec riche frise, même genre que la table précédente.

54 — Meuble en noyer à deux corps, de l'époque de Henri II, orné de moulures et de colonnettes.

55 — Petite table en chêne, pieds à colonnes torses.

56 — Autre table même genre, mais un peu plus grande.

57 — Meuble à hauteur d'appui, en chêne sculpté, avec large panneau à cariatides et frises.

58 — Une table en noyer à pieds tors.

59 — Une autre à peu près semblable.

60 — Une autre même genre.

61 — Petite table en chêne avec pieds à colonnes torses et vase.

62 — Meuble ancien à double corps, style gothique.

63 — Table en chêne sculpté, pieds à balustres.

64 — Petite table Louis XIII, pieds à balustres et entre-ambes à x.

65 — Meuble renaissance en noyer et à deux corps, orné de moulures saillantes.

66 — Très-grand et beau meuble en chêne sculpté, orné de plusieurs frises, les panneaux séparés par des colonnes noires.

Meubles

avec mosaïque de Rome et de Florence.

67 — Grand et magnifique guéridon en mosaïque de Rome,
orné de cinq frises, avec figures d'enfants dans des entre-
lacs et médaillons à trophées; au centre, un chasseur
d'aigles gravissant un rocher; pieds à gaînes, en bois
sculpté et doré, style Louis XIV.

68 — Très-joli guéridon en ébène, le dessus travail italien
formant mosaïque avec encadrements et rosaces en marbres variés.

69 — Grand guéridon en mosaïque de Florence, orné de
fleurs et de filets; il est de forme ovale; riche pied en bois
sculpté à larges rinceaux.

70 — Jardinière, style Louis XIV, en mosaïque de Florence,
très-riche monture en bronze doré avec cariatides.

Meubles

en laque de la Chine et du Japon.

71 — Très-beau et grand meuble-cabinet en laque du Japon
noir, orné de sujets en couleur; sur le devant est un

empereur sur son trône assistant à un concert ; les côtés avec tournois.

L'intérieur, des plus curieux, offre une habitation japonaise, divisée en plusieurs chambres sur les panneaux desquelles se dessinent des musiciens, une femme couchée et des fleurs'; pièce exceptionnelle.

72 — Paravent à six feuilles en ancien laque Coromandel, fond rouge avec kiosques et personnages en relief.

73 — Grand meuble chinois en laque noir aventuriné avec rehauts d'or à personnages et paysages ; il est à tiroirs et étagères à jour.

74 — Grand et beau meuble dit cabinet, en laque de la Chine fond noir avec paysages or ; la partie supérieure à deux vantaux recouvrant une grande quantité de tiroirs intérieurs.

75 — Grand paravent à huit feuilles en laque de Chine fond noir à rehauts d'or avec kiosques et personnages chinois, dans des paysages (belle pièce).

76 — Petit cabinet en laque noir du Japon à quatre tiroirs et à coulisses ; toutes les parties ornées d'éventails en or de divers tons.

77 — Meuble à étagères avec galeries à jour, travail chinois.

78 — Commode ancienne de l'époque Louis XV, en laque noir ; belle garniture en bronze doré.

79 — Paravent à six feuilles en laque de la Chine.

80 — Miroir de toilette en laque burgauté du Japon noir et
or.

81 — Deux gaînes à quatre faces ou supports en laque noir,
le haut avec tiroirs.

82 — Très-riche commode Louis XV en laque noir, décorée de
dragons et de fruits en or de couleur ; dessus de marbre
blanc veiné.

83 — Jolie petite table Louis XV en bois de rose, le dessus en
laque du Japon avec paysage or ; ornements en bronze doré.

Meubles

des époques de Louis XIV, Louis XV, Louis XVI et autres.

84 — Très-belle commode de l'époque de Louis XIV, en bois
de rose et marqueterie en bois de couleur, encoignures et
riches poignées en bronze doré.

85 — Grand bureau ancien, de l'époque de Louis XV, les
coins à pans coupés ; riches filets en cuivre et ornements en
bronze doré.

86 — Table Louis XV de forme contournée en bois de rose,
ornements en bronze doré.

87 — Petite table ancienne, très-belle marqueterie de bois à
rosaces et losanges.

88 — Grand bureau ancien de l'époque de Louis XVI, en acajou, orné de moulures, galerie et filets en cuivre.

89 — Ancien secrétaire Louis XVI en bois de rose, contourné et orné de filets en bois amarante, dessus de marbre en brèche du Languedoc.

90 — Commode Louis XV, très-richement marquetée de fleurs sur bois de rose ; ornements en bronze doré, dessus de marbre en brèche.

91 — Grande console de l'époque de Louis XV, en bois sculpté ; dessus de marbre en ancien rouge royal.

Long., 2 m. 40 cent. ; larg., 90 cent.

92 — Très-joli petit bureau à dos d'âne, de l'époque de Louis XV, en bois amarante et bois de rose, orné en autres bois de couleurs, de fleurs et de feuillages; ornements en bronze doré.

93 — Bureau de l'époque de Louis XV, en bois noir, filets, et ornements.

94 — Bureau à cylindre Louis XVI, en bois de rose, avec marqueterie de bois à damier.

95 — Console Louis XVI, le devant et les côtés contournés ; elle est en bois d'acajou, avec ornements, appliques et galerie en bronze doré; le dessus avec tablette en marbre blanc. (Vente Roussel.)

96 — Petit secrétaire Louis XVI, en bois de rose richement marqueté de fleurs en bois divers.

97 — Ancien bonheur-du-jour en acajou de l'époque Louis XVI, orné de filets de cuivre.

98 — Commode Louis XV, de forme contournée, en bois peint en blanc avec filets verts; poignées en bronze doré.

99 — Grand bureau Louis XVI, à cylindre en acajou moucheté, poignées en cuivre et galeries; dessus de marbre blanc.

100 — Bureau Louis XV, à dos d'âne, en bois de rose et amarante; écoinsons en bronze doré.

101 — Ancienne encoignure en bois de rose et bois amarante.

102 — Bureau Louis XV, à dos d'âne, en bois de rose incrusté de losanges, ornements en bronze doré.

103 — Commode Louis XV, en bois de rose avec filets en bois de citronnier, ornée de bronzes dorés; la tablette de dessus, se relevant, forme bureau.

104 — Petite table ancienne Louis XVI, en bois de rose à damier; ornements en bronze doré.

105 — Petite table Louis XV, de forme ovale et à tablettes, en bois de rose, ornements en bronze doré.

106 — Commode Louis XV, de forme contournée; écoinsons et poignées en bronze doré. Dessus de marbre.

107 — Petite table à ouvrage, en bois amarante et gris sa-

tiné, marquetée d'ornements et d'instruments de musique en marqueterie de bois.

107 *bis* — Une autre, même genre que la précédente.

108 — Petite étagère d'encoignure en bois de rose quadrillé, ornée à l'intérieur de quatre plaques en pierre de lard, représentant, en relief, des personnages chinois dans des intérieurs.

109 — Petit secrétaire ancien, formant chiffonnier, en bois de rose avec marqueterie de fleurs et de trophées.

110 — Bureau en bois de rose, orné de bouquets en bois marqueté.

111 — Très-grande jardinière en bois noir de forme rectangulaire, riches ornements en bronze doré.

112 — Secrétaire chiffonnier en bois de citronnier et gris, décor à losanges, ornements en bronze doré.

113 — Grande armoire vitrée en bois noir, ornée de filets en cuivre.

114 — Jolie armoire avec portes vitrées en bois de rose, les ornements en bronze doré, les tablettes à tirage.

115 — Étagère en bois noir, ornements en bronze doré.

116 — Supports de torchère de l'époque de Louis XIV en racine de noyer et bois noir, pied en partie doré; la tablette du haut en marqueterie de cuivre sur écaille rouge.

117 — Petit bonheur du jour, meuble ancien en acajou à filets de cuivre; travail de l'époque de Louis XVI.

118 — Baromètre et thermomètre, encadrements en bois sculpté.

119 — Grande armoire vitrée en bois d'acajou, ornements en bronze doré, travail de l'époque de Louis XVI.

120 — Secrétaire Louis XVI en bois de rose incrusté de fleurs en bois de couleur; très-riche de décor.

121 — Petit meuble en partie vitré, en bois violet et à coins contournés, orné de petites moulures.

122 — Écran Louis XVI en bois sculpté peint en blanc, avec tapisserie à la main, orné d'un médaillon à chiffres retenu par un ruban.

123 — Deux étagères encoignures en bois vernis Martin, décor de fleurs.

124 — Meuble à deux parties, de l'époque de Louis XVI, en bois de rose quadrillé avec appliques en bronze.

125 — Table à thé en poirier noirci, à deux étagères.

126 — Petite table de toilette en acajou avec pieds tournés.

127 — Charmante vitrine en cuivre montée à cage, glaces à l'intérieur.

128 — Autre vitrine pareille à la précédente.

129 — Un porte-musique en acajou.

130 — Un porte-cannes en acajou.

131 — Un casier à musique en acajou.

132 — Autre casier à musique.

133 — Boîte anglaise de trictrac de l'époque de Guillaume III, richement décorée de marqueterie en bois de couleur; les pions, en bois frappé, offrent les portraits des personnages célèbres de l'époque.

134 — Très-grand et magnifique bureau en acajou, époque de Louis XVI; il est à cylindre, orné de filets, d'ornements et de frises en bronze doré.

135 — Encrier tourné en bois de noyer, incrusté de divers ornements en ivoire.

136 — Belle armoire Louis XVI en bois de rose; elle est à deux vantaux, en laque de la Chine fond noir, avec fleurs et oiseaux en or de tons variés.

Pendules

**en marqueterie et bronze des époques
de Louis XIII, Louis XIV, Louis XV, Louis XVI
et modernes.**

137 — Pendule de l'époque de Louis XIV en marqueterie de Boule; le bas avec volutes et tablier; les côtés à pans

avec cariatides; le haut dominé par une figure mythologique; beaux monuments en bronze doré.

138 — Belle pendule de l'époque de Louis XIV en marqueterie de Boule; le bas avec quatre syrènes; le haut dominé par la figure de Cupidon assis sur une sphère; très-beau socle orné, ainsi que la pendule, de bronzes dorés.

139 — Pendule, dite religieuse, de l'époque Louis XIII, en ébène, le haut dômé avec frise en cuivre doré repercée à jour.

140 — Pendule en marqueterie de Boule, époque de Louis XIV; elle est de forme droite; le bas à volutes avancées et à tablier; sous le cadran, le groupe du char de l'Aurore.

141 — Pendule Louis XIV, en marqueterie de cuivre sur écaille rouge; le bas avec tablier, les côtés à cariatides, le haut avec dôme et galerie.

142 — Grande et belle pendule Louis XIV en marqueterie de cuivre sur écaille noire, le bas avec le char d'Apollon; beaux ornements figures en bronze doré; socle à mascarons.

143 — Pendule religieuse de l'époque de Louis XIII, en ébène, avec motifs en bronze et colonnes plates à filets.

144 — Belle pendule en marqueterie de cuivre sur écaille de l'Inde, riches bronzes dorés, avec volutes cariatides et sujet du char de l'Aurore; socle à consoles détachées jour.

145 — Petite pendule de l'époque Louis XIV, de forme contournée, fond en écaille rouge, ornements en bronze à syrènes et palmettes.

146 — Grande et belle pendule de l'époque de Louis XV; riche décor de rinceaux ; les côtés en creux cintrés sont à feuillage à jour ; socle attenant.

> Belle pièce entièrement d'époque. HENRY LENOIR, *horloger*.

147 — Régulateur de l'époque de Louis XV; gaîne en bois naturel avec ornements en partie dorés.

148 — Riche pendule en bronze doré, style Louis XV; socle attenant; cette pièce, très-riche d'ornements, est surmontée d'une figure de nymphe tenant un tambour de basque.

149 — Pendule de l'époque de Louis XV; très-beaux bronzes dorés rocaille ; pièce très-fine de ciselure. Socle attenant.

> ÉMÉRIC, *horloger*.

150 — Petite pendule applique, avec son socle de l'époque de Louis XV ; riche d'ornements rocaille en bronze doré.

151 — Pendule de l'époque de Louis XV en marqueterie de cuivre sur écaille noire, riches ornements en bronze doré ; le haut surmonté d'une Renommée.

152 — Charmante pendule en bronze doré, style Louis XV. Sur les rinceaux qui forment le socle sont assis deux personnages chinois en bronze laqué, genre Martin. Le ca-

dran est dominé par une femme chinoise tenant un parasol.

153 — Pendule à cage de l'époque de Louis XVI ; le cadran surmonté d'un ruban ; le haut en galerie à jour ; socle en marbre blanc.

154 — Grande et belle pendule de l'époque de Louis XVI, en bronze doré avec socle en marbre blanc ; de chaque côté du cadran, deux femmes assises lisant ; le haut avec un aigle aux ailes éployées, belle dorure mate.

Mazuol, *horloger*.

155 — Pendule Louis XVI, en bronze et marbre blanc ; de chaque côté du cadran, deux nymphes debout soutiennent des guirlandes de fleurs ; le haut surmonté d'un vase ; socle en marbre griotte.

156 — Pendule de bureau de l'époque de Louis XVI ; le devant avec socle à tiroir et deux vases porte-lumière, mouvement à cadran tournant sur fût de colonne à pendentifs ; de chaque côté, deux petits Amours en bronze.

157 — Beau cartel ancien de l'époque de Louis XVI, orné de rinceaux et de mascarons, le tout en bronze doré.

158 — Pendule en bronze doré de l'époque de Louis XVI, avec figure de la muse Euterpe.

159 — Riche pendule à cadran tournant, en bronze doré, les côtés avec cariatides soutenant des pendentifs de fleurs ; au centre, le mouvement encastré dans un vase en ancienne porcelaine de Sèvres pâte tendre, décor moderne avec médaillons de Naïades sur les eaux.

160 — Petite pendule de l'époque de Louis XVI en marbre blanc, beaux ornements en bronze doré très-finement ciselés.

FERES, *horloger*.

161 — Pendule de l'époque de Louis XVI, en bronze doré, avec socle carré orné d'une plaque en porphyre supportant un vase avec cadran, sur lequel est appuyée une figure de nymphe.

162 — Pendule de l'époque de Louis XVI, socle plat et carré supportant un vase à cadran en bronze, gros bleu verni.

163 — Deux vases à lis, formant la garniture avec la pendule ci-dessus.

164 — Pendule de l'époque de Louis XVI, en bronze doré ; le bas avec fût de colonne cannelée, sur lequel est un vase ovoïde à cadran tournant.

Bronzes dorés

Candélabres, Lustres, Suspensions, Lanternes, Flambeaux, etc.

165 — Cartel en bronze doré, de l'époque de Louis XVI, couronné d'un vase.

166 — Riche pendule en bronze doré, dominé par la figure de l'Amour et Psyché ; la première tient une couronne, l'autre un papillon.

167 — Pendule en bronze doré, surmontée d'un groupe
bronzé : satyre, bacchante et petit faune , d'après une
terre cuite de Clodion.

168 — Pendule d'après un ancien modèle de l'époque de
Louis XVI, en bronze doré, avec figure allégorique de
l'Astronomie.

169 — Très-jolie pendule style Louis XVI, en bronze doré,
avec groupe ; modèle dit l'Amour à la colombe. Socle
avec frise.

170 — Pendule en bronze et bronze doré, provenant de la
vente de Crosatier ; le cadran dominé par deux figures de
naïades.

171 — Grande et belle pendule en bronze et bronze doré ;
modèle offrant des figures de femmes drapées supportant
un entablement, au centre duquel est le mouvement. —
Socle en griotte avec guirlandes en bronze.

172 — Deux anciens candélabres Louis XVI, en bronze doré,
avec femmes soutenant les lumières. — Socles en marbre
blanc ornés de pendentifs.

173 — Grands et riches candélabres.—Socles à volutes et avec
pendentifs, sur lesquels trois enfants en bronze soutiennent treize lumières dorées.

174 — Grande lanterne ronde en bronze doré, époque
Louis XVI.

175 — Un autre à guirlandes, même genre.

176 — Deux grands et beaux candélabres, style Louis XVI, avec groupe de deux femmes en bronze supportant quatre lumières en bronze doré au mat. Socles en marbre bleu turquin.

177 — Lustre en bronze doré, décor d'enfants musiciens; vingt-quatre lumières.

178 — Deux grands candélabres, style Louis XVI, avec enfants en bronze supportant des bouquets de lis à quatre lumières.

179 — Lanterne à cinq pans en bronze doré, époque de Louis XVI.

180 — Grand lustre en bronze doré, orné de plaquettes en cristal. Trente-cinq lumières.

181 — Deux beaux et grands flambeaux en bronze doré, style Louis XVI.

182 — Deux beaux candélabres rocaille en bronze doré, à trois lumières. Au centre, des enfants musiciens.

183 — Grand lustre à quarante-deux lumières en bronze; tiges légères ornées de cristaux.

184 — Très-belle paire de flambeaux, style Louis XV, en bronze doré au grand feu.

185 — Deux candélabres en bronze doré, ornements rocaille; enfants en bronze supportant huit lumières.

186 — Deux grands et beaux lustres appliques, en bronze

doré, les tiges largements contournées, style rocaille, belles pièces provenant de la vente Crozatier

187 — Suspension de salle à manger, avec douze lumières et lampe.

188 — Lustre en bronze à huit lumières. Style hollandais.

189 — Petit lustre à fleurs détachées, en bronze doré, huit lumières.

190 — Deux flambeaux, en bronze doré. Style Louis XV.

191 — Lustre en cuivre argenté, style hollandais, douzes lumières, boules gravées.

192 — Grand lustre à quarante-cinq lumières en bronze doré, orné de plaquettes en cristal taillé.

193 — Deux flambeaux de l'époque de Louis XVI, en bronze doré, grand modèle.

194 — Lampadaire de salle à manger, en cuivre rouge poli, quatre lampes et vingt lumières.

195 — Ancien lustre en bronze doré, orné de plaquettes en cristal.

196 — Petite lanterne de vestibule, de l'époque de Louis XV.

197 — Deux flambeaux Louis XV, en bronze doré.

198 — Huit patères en bronze doré et ciselé.

199 — Deux candélabres en bronze doré, socles en porcelaine de Sèvres gros bleu, sur lesquels des enfants soutiennent des tiges de lis à six lumières.

200 — Douze pieds ou supports de coupes en bronze.

201 — Deux flambeaux Louis XVI, formant également vases, en bronze doré, partie argentée, pieds carrés et cannelés.

202 — Grande et belle lanterne en forme contournée, en bronze doré, travail de l'époque de Louis XV.

203 — Deux candélabres, style Louis XVI, enfants en bronze soutenant les bouquets à six lumières, en bronze doré.

204 — Deux flambeaux Louis XIV, en cuivre poli.

205 — Grand lustre en bronze, style rocaille, orné de plaquettes en cristal de Bohême.

206 — Deux candélabres en bronze doré, bouts de table Louis XV, à deux lumières.

207 — Deux flambeaux Louis XV, en bronze doré, petit modèle.

208 — Riche surtout en bronze doré, femmes assises soutenant les coupes.

209 — Deux beaux candélabres en bronze doré, style Louis XVI avec figures d'enfants et corbeilles de fruits soutenant cinq lumières.

210 — Deux flambeaux Louis XV, en bronze doré.

211 — Deux anciens candélabres, bouts de table, en bronze doré, de l'époque de Louis XVI; trois lumières.

212 — Grande lanterne de forme ronde de l'époque de Louis XVI; bronzes dorés très-finement ciselés, provenant de la vente *Séchan*.

213 — Deux flambeaux, style Louis XV, en bronze doré.

214 — Deux petits flambeaux, style Louis XVI, en bronze doré.

215 — Suspension de salle à manger en cuivre argenté; quinze lumières et une lampe.

216 — Deux flambeaux anciens en bronze doré, de l'époque de Louis XV.

217 — Grand lustre en bronze, décor feuilles d'eau; dix-huit lumières.

218 — Suspension de salle à manger en bronze, dix-huit lu_mières; au centre une lampe.

219 — Grande lanterne de vestibule en bronze, à palmier et à huit pans.

220 — Petit porte-montre Louis XVI, en bronze doré.

221 — Grand lustre hollandais en cuivre, dix-huit lumières.

222 — Deux très-beaux chenets de l'époque de Louis XVI, en

bronze doré, ornés de pommes de pin, de frises à feuilles de chêne appliquées, et d'un socle console soutenant de grands vases à trépieds et à guirlandes de fleurs.

Porcelaines

de Sèvres, de la Chine, du Japon et autres, montées en bronze doré ; Candélabres, Coupes, Jardinières, etc.

223 — Deux vases en ancien chine à six pans, riche décor émaillé à médaillons de personnages chinois ; très-belles montures en bronze doré.

224 — Deux grandes bouteilles entourées de salamandres en relief, en porcelaine céladonée, montées en lampes Carcel et ornées de bronzes dorés.

225 — Grande et belle jardinière en ancien chine à mandarins ; très-belle monture en bronze doré.

226 — Vase en chine en céladon craquelé, avec décor bleu à personnages ; monture en lampe en bronze doré.

227 — Deux grands et beaux vases chine à fond bleu perse, montés en candélabres à lis à six lumières, en bronze doré.

228 — Deux belles et grandes jardinières en porcelaine de Chine, fond céladoné, dessin de fleurs bleues, monture bronze doré style Louis XVI.

229 — Grande et belle jardinière en vieux Japon, riche monture en bronze doré.

230 — Deux vases en porcelaine de Sèvres, fond gros bleu
orné de médaillons d'enfants d'un côté, de fleurs et ruits
de l'autre ; monture et bouquets à huit lumières en bronze
doré, style Louis XVI.

231 — Deux coupes en porcelaine pâte tendre, médaillons à
triangles et bouquets de fleurs sur fond turquoise, monture en bronze doré à dauphins.

232 — Une très-belle jardinière en ancienne porcelaine du
Japon, ornée de quatre médaillons de fleurs ; belle monture Louis XVI en bronze doré.

233 — Deux charmants vases en vieux céladon craquelé avec
bouquets en couleur ; montures en bronze doré.

Bonnes pièces.

234 — Deux jardinières en vieux japon, montures en bronze
doré, avec frises à jour ; anses à mufles de lions tenant
des anneaux.

235 — Très-grands et beaux vases en porcelaine tendre, fond
turquoise avec beaux médaillons à sujets mythologiques
d'après Boucher ; très-riches montures en bronze doré.

236 — Deux vases en ancien chine émaillé à chimères ;
montures en bronze doré.

237 — Jardinière de la Chine, fond rouge rubis ; riche monture en bronze doré.

238 — Vase en ancien Chine, décor de la famille verte à personnages et ornements émaillés; monture en bronze doré.

239 — Très-beau bol en vieux Chine, décor à mandarins; belle monture en bronze doré.

240 — Deux belles bouteilles en porcelaine de la Chine rouge flambé, montées en bronze doré, style Louis XV.

241 — Deux jardinières en chine émaillé, avec personnages; montures en bronze doré.

242 — Bol en ancienne porcelaine de la Chine; décor à personnages; monture bronze doré.

243 — Une jolie jardinière de forme sphérique en porcelaine de Chine, bleu turquoise; monture bronze doré avec têtes de lions et anneaux.

244 — Coupe en porcelaine tendre; riche décor à rubans bleus et à guirlandes de fleurs entourant un Amour; monture en bronze doré.

245 — Jardinière porcelaine Chine, fond rouge; monture en bronze doré avec anses.

246 — Deux candélabres en bronze doré, avec vases en porcelaine bleue au grand feu.

247 — Une jardinière ronde en porcelaine craquelée; monture Louis XV en bronze doré.

248 — Bol à huit pans en porcelaine tendre; décor de fleurs
et d'oiseaux sur bleu turquoise; monture rocaille en
bronze doré.

249 — Deux bouteilles en Japon, montées en lampes Carcel;
garniture en bronze doré.

250 — Jardinière de la Chine, fond bleu perse et or; monture
en bronze doré.

251 — Deux lampes en bronze doré avec vases de la Chine;
décor fond rose émaillé, avec enfants en relief.

252 — Deux vases en Chine moderne; décor émaillé en couleur; ils sont montés en candélabres avec bronzes dorés à
tiges de lis.

253 — Deux lampes en ancienne porcelaine du Japon; monture Louis XVI en bronze doré; mouvements Carcel.

254 — Deux vases de la Chine, rouge rubis, formant lampes
Carcel; montures en bronze doré, style Louis XV.

255 — Deux lampes Carcel en bronze doré, avec vases en
ancien Chine bleu perse à rehauts d'or.

256 — Un vase de forme sphérique en porcelaine craquelée;
belle monture Louis XV, en bronze doré.

257 — Deux lampes modérateur en porcelaine tendre, fond
gros bleu; montures en bronze doré.

258 — Deux vide-poches en porcelaine tendre; montures en
bronze doré.

259 — Deux lampes en porcelaine gros bleu; montures en
bronze doré, avec anses et guirlandes.

260 — Deux belles jardinières de forme sphérique en porcelaine rouge rubis, montées en bronze doré à griffes.

261 — Deux très-belles bouteilles en porcelaine de la Chine,
bleu turquoise; riche monture en bronze doré, style
Louis XVI.

262 — Deux jardinières en porcelaine de la Chine craquelée;
monture Louis XVI, en bronze doré.

263 — Grande jardinière de forme ovale en terre émaillée,
décor gravé à griffons sur fond blanc; travail chinois;
supports à jour en bois laqué avec plaques émaillées.

264 — Un bol en porcelaine de la Chine; décor à personnages;
monture en bronze doré.

265 — Une petite jardinière en ancienne porcelaine craquelée, gravée sous émail; monture Louis XV en bronze doré.

266 — Grande et belle jardinière en porcelaine du Japon,
dessin bleu et rouge, riche monture Louis XVI en bronze
doré.

267 — Deux grandes lampes, avec vases en céladon craquelé,
riche monture en bronze doré.

268 — Lampe Carcel en bronze doré, avec vases en ancien chine ; décors émaillé, à sujets chinois.

269 — Un bidet, en ancienne porcelaine du Japon, décor bleu ; pied en bois de fer.

270 — Petite suspension en porcelaine tendre, décor bleu turquoise avec guirlandes de fleurs et rubans.

Marbres

Groupes, Statues, Bustes, Bas-reliefs, des XVe, XVIe, XVIIe, XVIIIe et XIXe siècles.

271 — Très-beau groupe de grandeur naturelle en marbre blanc, représentant l'*Amour et Psyché*. L'Amour, debout, les ailes déployées, tient un vase de parfum au-dessus de la tête de Psyché ; cette dernière a le bras gauche appuyé sur l'épaule du dieu, qu'elle caresse de la main droite ; charmante œuvre, travail italien, du commencement de ce siècle ; très-beau support ovale en marbre, orné de guirlandes en bronze doré.

> Hauteur du groupe, 1 m. 80 cent.
> Hauteur avec le socle, 2 m. 50 cent.

272 — Par ÉMILE HÉBERT. — Charmante statuette. Jeune fille assise sur le bord d'un cours d'eau, repêchant une abeille.

> « Ainsi, la volonté de votre Père, qui est aux cieux,
> « n'est pas qu'aucun de ses petits périsse. »

273 — Statue en marbre blanc, représentée jusqu'aux genoux (Isabelle de Tolède); de la main gauche elle tient
des fruits.

274 — Belle statue en marbre blanc: amazone debout; moi-
tié de nature.

275 — Petit buste en marbre blanc, la Vierge couverte d'une
draperie.

276 — Deux médaillons en marbre blanc, bustes de Mars et
d'Amphitrite; travail de l'époque de Louis XV.

277 — Buste de personnage romain, la tête en marbre
blanc, la chlamyde en marbre de couleur; travail du
XVIe siècle.

278 — Deux petits enfants en marbre blanc; grandeur naturelle. (École de Bouchardon.)

279 — Deux grands bustes en marbre blanc, plus forts que
nature, représentant un empereur romain et une impé-
ratrice.

280 — Statuette d'Amour, couché sur une partie d'entablement; groupe en marbre blanc, attribué à Bouchardon.

281 — Buste de Corbalo, émule de Néron; travail antique en
porphyre. Pièce remarquable.

282 — Médaillon bas-relief en marbre blanc sculpté; la Vierge
à la chaise.

283 — Buste de femme antique en marbre blanc ; travail italien de l'époque de Louis XV.

284 — Médaillon en marbre blanc sculpté, représentant le buste de la Vierge. Beau cadre en bois naturel sculpté.

285 — Grand buste en marbre blanc ; guerrier romain, tête casquée, large draperie entourant l'armure.

286 — Deux bustes en marbre blanc plus forts que nature, homme et femme, personnages antiques.

287 — Grand buste [en marbre blanc. (Michel-Ange Buonaroti.)

288 — Très-beau buste en marbre blanc ; femme romaine.

289 — Statue à jet d'eau en pierre sculptée ; enfant monté sur un cheval marin.

Marbres et Albâtres

Grands Vases, Colonnes, Gaînes et autres Objets de diverses époques.

290 — Deux grandes colonnes en albâtre fleuri d'Égypte, matière fort rare, antique, provenant d'une chapelle de Pise, détruite au XVIIᵉ siècle ; elles étaient au nombre de six, dont quatre sont encore au Musée des Offices, à Florence, galerie des Hermès ; elles y sont beaucoup appréciées, puisque le gouvernement italien les a jugées dignes

de figurer à l'Exposition des objets d'art qui a été faite au Bargillo.

Les chapiteaux de l'ordre dorique sont en bronze doré.

Ces colonnes proviennent d'une villa que possédaient les Médicis, près de Sienne.

Hauteur des colonnes, 2 m. 55 cent.
Hauteur avec les chapiteaux, 2 m. 90 cent.

291 — Deux grands et magnifiques vases forme Médicis en marbre dit du Languedoc turc, hauteur, 1 mètre 35 cent.

292 — Grands et magnifiques vases en marbre cipolin, de forme ovoïde, à piédouches, la partie basse ornée de cannelures cintrées ; au-dessus, une frise à jour en bronze doré ; anses également en bronze doré, formées de rinceaux ; pièces de belles formes et du plus agréable aspect.

293 — Deux grands vases Médicis en marbre blanc, le bas avec ceinture à godrons ; anses surélevées à jour et mascarons.

294 — Petit vase en marbre blanc, ancienne monture en bronze doré.

295 — Deux vases de l'époque de Louis XVI en marbre vert, ornés de frises en bronze doré.

296 — Deux colonnes en marbre noir ; supports de bustes ; elles sont de forme ronde, cannelées ; socles ou bases carrées en marbre brèche.

297 — Deux vases en marbre blanc montés en bronze doré ; travail de l'époque de Louis XV.

298 — Deux gaînes en marbre brèche.

299 — Ancien encrier en marbre rance orné de moulures.

299 *bis* — Un autre encrier, même genre que le précédent.

300 — Deux gaînes en marbre rouge veiné de blanc.

301 — Très-beau et grand bassin de forme ovale, en marbre rance.

302 — Une cassolette, style Louis XVI, en marbre blanc, monture en bronze doré.

303 — Très-ancien mortier en porphyre oriental, anses formées par deux têtes de lions.

Cheminées

en marbre, de diverses époques.

304 — Très-grande et magnifique cheminée en marbre, très-belle manière, décorée d'une large frise à rinceaux et de fleurs en mosaïque de Florence, jambages à consoles également décorées de mosaïques.

Haut., 2 m. 10 cent. ; larg., 2 m. 60 cent.

305 — Grande et belle cheminée en granit vert des Vosges,
ornée de magnifiques bronzes dorés ; sur les côtés, des
cariatides.

> Haut., 1 m. 40 cent. ; larg., 2 m. 08 cent.

306 — Cheminée Louis XV en brèche d'Alep, ornée de cartouches.

> Haut., 1 m. 10 cent. ; larg., 1 m. 50 cent.

307 — Grande et belle cheminée ornée de riches moulures en
marbre Sainte-Beaume.

> Haut., 1 m. 20 cent. ; larg., 1 m. 85 cent.

308 — Grande cheminée en marbre portor, ornée de moulures.

> Haut., 1 m. 10 cent. ; larg., 1 m. 70 cent.

309 — Cheminée de l'époque de Louis XV en marbre
rouge.

310 — Cheminée de l'époque de Louis XV.

311 — Cheminée Louis XV en marbre noir antique.

312 — Autre cheminée même époque en marbre gris.

313 — Autre cheminée Louis XIV en marbre noir antique.

314 — Autre cheminée en marbre Languedoc.

315 — Belle cheminée Louis XVI en marbre blanc avec mon-
tants sculptés en marbre de couleur ; le devant avec
encadrement de perles en bronze doré.

> Haut., 1 m. 05 cent. ; larg., 1 m. 38 cent.

316 — Cheminée en pierre sculptée portant la date de 1648.

317 — Cheminée Louis XV en marbre rouge.

318 — Cheminée Louis XV en marbre rance.

319 — Une autre, même genre.

320 — Cheminée Louis XV en marbre gris.

321 — Cheminée Louis XV en marbre rance.

322 — Autre cheminée, de même marbre.

323 — Cheminée Louis XV, marbre rance.

324 — Cheminée Louis XV en marbre du Languedoc.

Bronzes

Bustes, Bas-reliefs et Heurtoir.

325 — Grand buste de grandeur naturelle; personnage antique, très-belle patine.

326 — Buste de femme en bronze, monté sur socle en marbre noir. Travail de l'époque de Louis XV.

327 — Buste ancien en bronze, personnage antique; peut-être *Sénèque.*

328 — Bas-relief en bronze italien, portrait d'un jeune homme d'après Donatello.

329 — Très-beau heurtoir en bronze de l'époque de Louis XIV, orné d'une tête de satyre, d'une tête de bélier et de deux syrènes.

Bois sculptés

Bustes, Médaillons, Bas-reliefs et autres Objets.

330 — Grand bas-relief gothique à deux compartiments, représentant Jésus au Jardin des Oliviers et Jésus devant Pilate.

331 — Très-beau tabernacle en bois sculpté, travail de l'époque de Louis XIV.

332 — Soufflet en bois sculpté, orné de rinceaux et d'un mascaron.

333 — Deux supports de torchères, formés par deux statues de nègres, en bois, sculpté peint et doré.

334 — Statue en bois sculpté et peint, saint debout, travail flamand du XVIᵉ siècle.

335 — Trois bustes de saintes en bois sculpté et peint, travail de la fin du XVIᵉ siècle.

336 — Bas-relief en bois de noyer sculpté, représentant saint Luc inspiré par l'Esprit divin; dans les airs sont des

chérubins, travail de l'époque de Louis XIV. Encadrement remarquable.

337 — Médaillon ovale en bois sculpté, buste de femme en relief, avec encadrement de l'époque de Louis XVI.

Terres cuites

Groupes, Bustes, etc.

338 — Deux bustes, homme et femme, en terre cuite de l'époque de Louis XV.

339 — Buste de déesse en terre cuite, travail attribué à Lemoine.

340 — Grand groupe en terre cuite, Berger et Bergère, d'après les dessins de Boucher.

341 — Terre cuite de l'époque de Louis XV; Enfant Jésus endormi tenant une croix.

342 — Groupe ancien, en terre cuite, deux enfants.

343 — Groupe ancien, en terre cuite, l'Ange gardien dirigeant un enfant.

Objets variés

344 — Aiguière et son bassin, en cuivre repoussé, ciselé et doré, travail de l'époque de Louis XIV.

345 — Deux flambeaux en argent, de l'époque de Louis XIV; pesant 520 grammes.

346 — Épée de cérémonie Louis XIV, la garde repercée à jour et dorée.

347 — Grande lanterne chinoise à six panneaux en verre émaillé, ornée de pendeloques.

348 — Grande lanterne chinoise, même genre que la précédente.

349 — Petit cadre de glace de l'époque de Louis XIII, en cuivre repoussé et repercé à jour.

350 — Deux statuettes de personnages chinois en terre émaillée en couleur.

351 — Deux vases en fonte.

352 — Bas-relief en albâtre de l'époque de Louis XIII, représentant l'Adoration des mages.

353 — Deux petits vases en bois des îles, monture en bronze, style Renaissance.

354 — Sous ce numéro les objets non catalogués.

DÉSIGNATION DES TABLEAUX

BACHELIER (Jean, attribué à).

1 — Poule et Coq dans un paysage.

BOUCHER (François)

2 — Amour dans les airs, deux pendants.

3 — Allégorie de l'Étude et de l'Innocence.

4 — Charmant petit Paysage avec chaumière et pêcheur
sur le bord d'une rivière.

BOUCHER (François, attribué à).

5 — Deux grands panneaux, représentant le Moulin de
Charenton et un Paysage pastoral.

BOUCHER (École de).

6 — Allégorie du Printemps, deux amours dans un paysage.

7 — La Leçon de flûte, scène champêtre.

8 — Quatre dessus de portes en grisailles sur fond or, représentant des Jeux d'enfants.

9 — Trois dessus de portes en grisailles, représentant des Paysages avec personnages chinois ; riches entourages rocaille en bois sculpté et doré.

10 — Allégorie de l'Astronomie ; camaïeu bleu, dessus de porte ; riche encadrement rocaille.

11 — Le Bain de Vénus.

BOUCHER (François, d'après).

12 — Les Amours moissonneurs.

13 — Le Berger galant et les Amants surpris.

Dessus de portes avec riches encadrements rocaille en bois sculpté et doré.

CHARPENTIER (d'après).

14 — Les Tourterelles.

CHAPERON

15 — Deux dessus de portes, allégories de la Peinture et
de la Sculpture.

COOSMANN

16 — Poules et Coq dans un paysage.

COYPEL (Charles)

17 — Deux compositions; Sujets mythologiques; bordures
en bois sculpté.

18 — La Toilette de Diane; camaïeu bleu.

CRANACH (L., École de).

19 — Triptyque représentant, à l'intérieur, Jésus portant
sa croix, suivi des Saintes Femmes; sur les volets exté-
rieurs, la Vierge et Jésus, puis saint Laurent.

DELAPORTE (Roland)

20 — Mappemonde et instruments de musique.

21 — Instruments de musique et autre objets sur une
table.

22 — Petit meuble, livres et instruments de musique.

DOYEN (François)

23 — Deux sujets allégoriques, la Guerre et la Paix ;
grisailles rehaussées en couleur.

GREUZE (J.-B., École de).

24 — Tête de jeune fille ; esquisse.

HELST (Bartholomé Van der, École de).

25 — Personnage hollandais, représenté en buste.

HENDRICKX

26 — Apollon et Diane présidant à une danse d'enfants ;
dans les airs planent des amours.

HOREMANS (Jean)

27 — Tableau représentant un meuble dit Cabinet, qui se trouve à la Haye dans le Musée Povellat ; il représente neuf compartiments offrant des chambres avec personnages du xviii° siècle.

HUET (Jean-Baptiste)

28 — Scène pastorale.

29 — Le Passage du gué.

30 — Paysage avec cours d'eau.

JULIART (Étienne, attribué à).

31 — Fille de ferme battant du beurre.

LACROIX

Six grandes et belles marines représentant:

32 — Baigneuses sur le bord de la mer.

33 — La Tempête.

34 — Autre Tempête.

35 — Rade et entrée de port.

36 — La Promenade sous la grotte.

37 — L'Éruption du Vésuve.

LAJOUE (Genre de).

38 — Deux dessus de porte, représentant des Expériences astronomiques.

LANCRET (Nicolas, genre de).

39 — Causerie galante dans un parc.

LAGRENÉE (Jean-François)

40 — Figure allégorique de la Sculpture.

LAGRENÉE (Jean-François, genre de).

41 — Deux sujets mythologiques en camaïeu bleu.

LARGILLIÈRE (Nicolas, attribué à).

42 — Portrait, jusqu'aux genoux, du duc du Maine, portant cuirasse de guerre ; très-beau cadre sculpté.

LAWRENCE (Sir Thomas, d'après).

43 — La Toilette des modistes; composition capitale.

LEBRUN (C., École de).

44 — Mars montrant à Louis XIV le chemin de la victoire.

LERICHE

45 — Vase entouré d'une guirlande de fleurs.

LÉPICIÉ

46 — Ravissant tableau de maître : le Lever de l'ouvrière, provenant de la vente Roussel.

LOO (Carle Van, d'après).

47 — La Sculpture et la Peinture; dessus de portes.

MIGNARD (P., École de).

48 — Très-beau portrait de Marie de Bourbon ; elle tient une branche de lis.

Vente Abel Vautier, de Caen.

MONOYER (Baptiste)

49 — Corbeilles contenant des fleurs.
Deux pendants.

MONOYER (Baptiste, genre de).

50 — Vase en terre cuite, entouré de fleurs.

NATOIRE (Charles)

51 — Deux dessus de portes, Amours dans les airs.

52 — Vénus et l'Amour sur des nuages.
Camaïeu rose.

PIERRE

53 — Villageois sur le bord d'une rivière.

PRIMATICE (Attribué au).

54 — Panneau en grisaille, deux Génies couronnant l'H
de France.

RENAUD

55 — Médaillon en grisaille, représentant l'Étude, entouré
de fleurs.

SAUVAGE (Attribué à).

55 — Quatre dessus de portes en grisailles, imitant des
Bas-reliefs en marbre, Jeux d'enfants.

57 — Cinq autres plus grands.
Même genre que les précédents.

58 — Deux autres de forme cintrée, Sujets mythologiques.

TOURNIÈRES (Attribué à).

59 — Dame de l'époque du Régent.

60 — Portrait d'une dame de l'époque du Régent.
Représentée en buste, de face, chevelure poudrée, robe
de velours bleu; la main droite soutient une draperie.
Très-riche encadrement sculpté.

UTRECHT (Van, attribué à).

61 — Volailles, Ustensiles de cuisine et deux Enfants.

VERNET (Joseph, genre de).

62 — Rade et port de mer.

VITTE (Jacques de)

63 — Amours sur des nuages.
Camaïeu bleu.

VIVIEN

64 — Portrait de Vivien.
Pastel.

65 — Portrait de Toqué.
Pastel.

VOS (C. de)

Trois grandes compositions :
66 — La Marchande de gibier.

67 — La Marchande de fruits.

68 — Marché au poissons.

VOS (Corneille de)

69 — Sainte Cécile jouant du clavecin.

ÉCOLE FRANÇAISE

70 — Portrait de femme, représentée en buste.

71 — Grande composition de l'Annonciation.

72 — Deux très-jolis tableaux de place, Jeux d'enfants, ovales.

73 — Deux dessus de portes, Enfants musiciens.

74 — Un autre, même genre, cintré du haut.

75 — Portrait en pied du roi Louis XIV.

76 — Vase contenant des fleurs.

77 — Jeune dame de l'époque de Louis XVI.

78 — Mars quittant Vénus.

79 — Vase en orfévrerie, contenant des fruits.

80 — Portrait, grandeur nature, de Louis XIV, représenté assis sur son trône, portant le manteau d'hermine.

ANCIENNE ÉCOLE ITALIENNE

81 — La Mise au tombeau.
Peinture sur bois de cèdre.

ECOLE HOLLANDAISE

82 — Portrait d'une jeune femme.

83 — Combat naval ? Grand nombre de vaisseaux et de personnages.

ÉCOLE ALLEMANDE

84 — Renaud et Armide, entourés d'amours.

85 — Portrait d'un souverain allemand.

86 — Celui de la princesse sa femme.

INCONNUS

87 — Portrait en buste d'un directeur de manufacture de porcelaines; il tient une tasse.

88 — Portraits de la femme et de la fille du précédent personnage.

89 — Mangeur de moules.

90 — Cuisinière coupant un chou.

91 — Divers fragments de plafonds seront vendus sous ce numéro.

92 — Quatre grands panneaux de décoration. Les Heures du jour, représentées par divers sujets dans des paysages.

Ces quatre peintures ont été exécutées par les artistes suivants : Doresta, Gandat, Van Loo et Hubert Robert, 1786-1787.

93 — Peinture chinoise, représentant l'intérieur d'un théâtre, à Canton.